...PARA UN MONSTRUO SIN PROBLEMAS

Hola, Guille...
¡Bienvenido!

Los libros de la colección «Fácil de Leer» están clasificados por Bernice y Cliff Moon, del Centro de Enseñanza de la Lectura de la *School Education,* perteneciente a la Universidad de Reading (Reino Unido), en tres niveles aproximados de lectura. Los libros amarillos son para principiantes (a partir de cuatro años); los rojos, para lectores que empiezan a adquirir fluidez (a partir de cinco años); los azules, para lectores más avanzados (a partir de seis años).

1.ª edición, septiembre 1991

I.S.B.N.: 84-207-4306-2
Depósito legal: M. 24.181/1991
Impreso en ORYMU, S. A. Ruiz de Alda, 1
Polígono de la Estación. Pinto (Madrid)
Impreso en España — Printed in Spain

UN PROBLEMA MONSTRUOSO PARA UN MONSTRUO SIN PROBLEMAS

Texto de Sergio Lairla
Ilustraciones de Ana Isabel G. Lartitegui

ANAYA

Cosme era un monstruo que vivía a las afueras de una gran ciudad en una pequeña cueva. Bueno, no es que la cueva fuera pequeña: en realidad, era Cosme quien resultaba un poquito grande.

Era feliz porque pensaba que todo tiene siempre su lado bueno y, sobre todo, porque a Cosme le gustaba mucho su trabajo. Os preguntaréis en qué puede trabajar un monstruo. Pues en lo que todos los monstruos: asustando niños.

Le gustaba tanto su profesión que, algunos días, hacía una hora que había amanecido y él seguía por ahí, ¡venga a asustar niños! Entonces, cuando llegaba a su cueva, se sentaba en su armario favorito y se decía: «¡Qué cansado estoy y qué hambre tengo!... Pero la verdad es que cada día asusto mejor y me divierto más.»

Un día llegó a la ciudad cuando comenzaba a oscurecer canturreando, como siempre, por lo bajo (a Cosme le encantaba el jazz).

—Duba-puruba. Va-mos-a-ver-du-ba, quién-es-el-primero-da-ba, que-hoy-va a-caer. Ba-ba-puruba-ba.

No tardó en oír una voz que salía de una casa:

—¡Benjamín! ¿Quieres meterte en la cama de una vez?

—¡Hombre! Algo me dice que ese tal Benjamín va a ser el primer caso de la noche... —comenzó a maquinar mientras su cara se volvía un pelín más malvada.

Con mucho cuidado se deslizó por la calle hasta llegar bajo la ventana y, poco a poco, con la cara más fea que puede poner un monstruo (que os aseguro que es muy, pero que muy fea), comenzó a asomarse a la habitación.

«Ahora sí que vamos a jugar tú y yo... ji, ji, ji», pensó Cosme.

Pero el tal Benjamín no movió ni un solo dedo, ni gritó. Nada de nada.

—Conque nos ha salido valentón, ¿eh? Pues ahora verás lo que es el miedo...

Cosme era un monstruo experto y sabía muy bien cómo asustar al más valiente de los héroes. Llevaba muchos años haciendo lo mismo y nunca se había tropezado con un caso igual.

—¿Será que el miedo lo ha paralizado? —y se enfureció tanto que lo agarró por el cuello y se lo acercó a la boca como si se lo fuera a comer cuando...

El niño había desaparecido y Cosme se encontró dando un susto de muerte a un perchero. Miró y remiró toda la habitación en busca de su pequeña víctima. Luego, cuando hubo comprobado que ya no estaba allí, se avergonzó un poquito de su confusión, se puso entre colorado y verde (que es el color del que se ponen los monstruos cuando tienen vergüenza) y dejó el perchero en su sitio riéndose bajito de sí mismo.

Esa noche, después de su asombrosa experiencia con el perchero, aún pudo asustar con mucho éxito a una niña pelirroja que se metía los fideos de la sopa por la nariz; a un raterillo que le robaba los caramelos de chocolate a su hermano pequeño; a un llorica que sólo quería que sus papás le compraran más juguetes; y a un astronauta que, mientras sus padres dormían, jugaba a que la lavadora era su nave espacial. Pero aunque la noche no se le dio nada mal, Cosme no pudo dejar de pensar en la historia del perchero.

Una noche vio a un jovencito muy delgado y algo cabezota jugando en plena calle con una linterna de luces de colores.

«Vaya hora de jugar a exploradores —pensó—. ¡Y en la calle! Pues nada, a trabajar.»

Cosme se acercaba gruñendo y poniendo caras feas, pero el jovencito parecía no asustarse. Seguía jugando con sus lucecitas. Ahora verde, ahora naranja, luego roja y... otra vez a empezar; verde, naranja, roja, verde... Cosme comenzó a temerse lo peor.

—¡Oh, no! ¡Otra vez! ¡NO!

Cuando más irritado estaba zarandeando a su presunta presa, apareció, cruzando la calle a todo correr, un guardia enfadadísimo.

—¡Perooo...! ¿Qué clase de monstruo es usted? ¡Deje ahora mismo ese semáforo en su sitio!

Pobre Cosme. Sólo entonces se dio cuenta de que había estado gruñendo y zarandeando al semáforo de la calle Mayor. Convencido de que estaba muy enfermo, dio media vuelta y se marchó arrastrando sus enormes pies. El guardia aún le siguió durante algunos metros dando vueltas alrededor de él, pero al final tuvo que desistir (todo el mundo sabe que es peligroso insistir más de dos veces a un monstruo para que pague una multa).

Después de aquello, la cosa no paró ahí: una y otra vez le ocurrían cosas cada vez más extrañas. No había noche en la que Cosme no metiera la pata, por lo menos, un par de veces. Estaba tan preocupado que perdió hasta las ganas de trabajar y... ya no canturreaba jazz por lo bajinis.

Cosme quedó tan impresionado que no salía para nada de su cueva, ni siquiera para buscar latas de Coca-Cola, que eran las que más le gustaban..., vacías, claro.

Por fin, un día se levantó de su armario y, mirándose al espejo, se dijo:

«Hay que buscar una solución. A lo mejor sólo son unas anginas y después hasta gruño mejor. ¡Todo tiene su lado bueno!... ¿No?»

Así pues, se arregló lo mejor que pudo, se peinó con mucha colonia y se fue a visitar al doctor Tableta.

En la ciudad, la gente, antes incluso de que Cosme
apareciera, se ponía nerviosa (y es que la colonia para
monstruos huele fatal). Una vez en la consulta del doctor
Tableta, pasó directamente a la sala de espera y, al poco
rato, apareció su amigo el doctor.

—¡Hombre, Cosme! ¿Cómo te va? No te veía desde
aquel sarampión hace... ya seis años.

—Pues ya ve, doctor. Mal, monstruosamente mal
—contestó Cosme.

—¡Venga! ¡Venga! Pasa y te reconoceré. Seguro que sólo
es una tontería y con unas tabletitaaaaaas...

Cosme contó al doctor Tableta las extrañas cosas que le habían ocurrido últimamente y éste, después de mirarle la lengua y darle unos golpecitos en la rodilla con un martillo, le dijo:

—Vamos a mirarte la vista —con un palito muy largo le señaló un perro muy pequeñito que había dibujado en una pizarra—. ¿Qué animal es éste?

—Pues eso es... ¡Una pulga! —respondió Cosme.

—¡Huy, huy, huy...! ¿Y esto qué es? —le preguntó el doctor señalando el dibujo más grande de todos, que era un girafa.

—Eso es... ¡Una farola! ¡No! A ver..., déjeme pensar... ¡Una manguera! ¡No! ¡Unnn!...

—Lo que me temía, Cosme. No ves tres en un burro. Lo que tú necesitas son unas buenas gafas.

—¿Gafaaaaas...? —se asombró Cosme.

—¡Sí, hombre, sí! —le tranquilizó el doctor Tableta—. Es lo más normal del mundo. Te haré una receta y, dentro de unos días, vas a asustar de maravilla hasta las pulgas de tu cueva.

Cosme regresó muy contento, pensando que sus problemas habían terminado. Como él necesitaba unas gafas un poco grandes, tuvo que esperar una semana a que se las hicieran especiales con dos ruedas de bicicleta y unos cristales del tamaño de una tapa de alcantarilla.

Cuando le llegaron en un correo especial, se puso tan contento que dio treinta y siete saltos de alegría antes de abrir el «paquetito». Eso sí que era ver de fábula. Apenas comenzaba a ocultarse el sol cuando partió, como un rayo, hacia la ciudad más contento que unas pascuas y cantando más fuerte que nunca.

Nada más llegar escuchó un ruido que salía de una ventana: ñek, ñek, ñek.... Cosme se subió a un árbol y vio a una niña saltando en la cama en vez de dormir. La vio tan claramente que, desde lejos, pudo distinguir hasta el color de sus calcetines.

—¡Ajá! —susurró Cosme—. Esta vez vamos sobre seguro. Pero no conviene asustarla demasiado, es muy pequeñita.

Así que, desde lo alto del árbol al que se había subido, comenzó a gruñir y a hacer gestos para que la niña lo viera.

La niña dejó de saltar. Se acercó a la ventana y se lo quedó mirando muy atentamente. De pronto, comenzó a reírse tan a gusto que Cosme podía verle hasta la campanilla.

—¡GGGRRRROOOOOOOOOAAAAAAAUUUUUGGG... —Cosme se puso más feo que nunca.

Pero ella se reía cada vez más y, entre sus carcajadas y el escándalo que estaba montando Cosme, empezaron a asomarse todos los niños a las ventanas. Al poco rato, todo el barrio entero estaba que se moría de risa.

El pobre Cosme, que ya había dejado de gruñir, miraba asombrado a todos sin entender nada de nada, hasta que alguien dijo:

—¡Ja, ja, ja...! ¡Qué gracioso! ¡Un monstruo con gafas!

Cosme comprendió de repente y, sintiéndose muy desgraciado, rompió a llorar como lloran los monstruos (que casi nunca lloran, pero cuando lo hacen es como si se hubiera roto una tubería de las gordas).

—Niños y niñas con gafas es lo más normal del mundo —se decía con un hipo muy gracioso—. Pero... ¿quién ha visto un monstruo con gafas...?

Tres días enteros estuvo llorando sin parar. Cuando ya había formado un río de lágrimas que salía de su cueva, decidió llamar al doctor Tableta. Le pidió que fuera a su cueva porque él ni siquiera se atrevía a ir a la ciudad.

A los cinco minutos estaba allí el doctor con una ambulancia.

—Veamos, Cosme, ¿qué ocurre ahora? —preguntó el doctor.

—¡Las gafas! Doctor... las gafas... snif, snif...

—¿Es que no están bien graduadas?

—¡Sí! Si ver, veo muy bien —contestó Cosme entre sollozos—. Lo que ocurre es que, ahora, en vez de asustar a los niños, ellos se ríen de mí.

—Realmente..., puede que no sean las gafas más adecuadas para un monstruo —dijo pensativo el doctor Tableta—. Pero eso lo vamos a solucionar en un periquete.

El doctor comenzó a sacar de la ambulancia un montón de herramientas y trastos viejos. Más de cuatro horas estuvieron los dos trabajando en las dichosas gafas. Cuando terminaron el apaño, resultaron ser unas gafas ¡FEISIMAS!, tanto que, cuando Cosme se las puso, hasta el doctor Tableta tembló un poquito.

Esa noche, Cosme regresó al barrio en el que tanto se habían reído de él y se encontró a todo el mundo, como quien espera a que empiece una película, dispuesto a correrse otra vez la misma juerga a costa de sus pintas. Pero esta vez se iban a enterar...

De un salto, Cosme se puso en medio de la calle con un aspecto tan horroroso que ni siquiera tuvo tiempo de ponerse a gruñir.

En cuanto los niños lo vieron, salieron gritando y corriendo como alma que lleva el diablo.

Al comprobar el resultado de su nuevo aspecto, se le pusieron los pelos del cogote de punta como hacía tiempo que no se le ponían (a todos los monstruos se les ponen los pelos del cogote de punta cuando están contentos) y se dijo una vez más:

«¡Vaya! Realmente..., todo tiene su lado bueno.»

Y se puso a canturrear mientras caminaba por las oscuras calles de la ciudad en busca de otros gamberretes a los que dar un susto de muerte.

Si alguna vez estáis haciendo alguna trastada y oís a alguien
que pasa por la calle canturreando melodías de jazz, yo, en
vuestro lugar, saldría corriendo y dejaría las travesuras para otro
rato; porque os aseguro que, ahora, Cosme ¡da un miedo...!